UAO
Universale d'Avventure e d'Osservazioni

Le grandi storie horror

N. M. Zimmermann
Le grandi storie horror. Sulle tracce di Sherlock Holmes
disegni di Caroline Hüe
traduzione dal francese di Emanuelle Caillat

della stessa serie:
Nel castello di Dracula
Nel laboratorio di Frankenstein
Sull'isola di Jurassic Park
Nello studio del dottor Jekyll

ISBN: 978-88-3624-088-3
Prima edizione italiana gennaio 2021
ristampa 8 7 6 5 4 3 2 1 0
anno 2024 2023 2022 2021

Titolo dell'edizione originale francese:
Le Grand Livre de l'Horreur. Sur les traces de Sherlock Holmes

galluccieditore.com

Questo libro utilizza
EasyReading® Font DYSLEXIA FRIENDLY
Carattere ad alta leggibilità

MISTO
Carta da fonti gestite in maniera responsabile
FSC www.fsc.org FSC® C021883

Il marchio FSC® garantisce che questo volume è realizzato con carta proveniente da foreste gestite in maniera corretta e responsabile e da altre fonti controllate, secondo rigorosi standard ambientali, sociali ed economici. L'FSC® (Forest Stewardship Council®) è una Organizzazione non governativa internazionale, indipendente e senza scopo di lucro, che include tra i suoi membri gruppi ambientalisti e sociali, proprietari forestali, industrie che lavorano e commerciano il legno, scienziati e tecnici che operano insieme per migliorare la gestione delle foreste in tutto il mondo. Per maggiori informazioni vai su https://ic.fsc.org/en e https://it.fsc.org/it-it

N. M. Zimmermann

Le grandi storie horror

Sulle tracce di Sherlock Holmes

Disegni di Caroline Hüe · Traduzione di Emanuelle Caillat

Gallucci

I personaggi

Adam: è un ragazzo di scuola media appassionato di storie da brivido. Gli è stato affidato il compito di combattere il Malautore e di salvare i romanzi classici dell'horror.

Le grandi storie horror: è un libro che presenta tutti i racconti di paura e i loro protagonisti. È anche un portale: chi lo possiede può entrare nelle storie dell'orrore.

Thalia: fa parte dei Maestri dei libri. Ha consegnato ad Adam il volume *Le grandi storie horror*.

Il Malautore: Ex Maestro dei libri, attacca le grandi opere della letteratura per cambiarle per sempre e dominare il mondo della fantasia.

Sofia: è la sorella maggiore di Adam. A scuola è brava e molto popolare. Considera ridicola la passione di Adam per l'orrore.

Sherlock Holmes e il dottor Watson: famoso investigatore privato, Sherlock Holmes conduce spesso le indagini insieme al suo migliore amico, il dottor Watson, un medico in pensione.

Ogni
volta che raccontiamo
una storia si crea un mondo
nuovo, un universo parallelo che
i Maestri dei libri hanno il compito di
proteggere. Ma un giorno uno di loro ha
deciso di prendere il controllo di quei mondi e di
trasformarli per sempre. Lo chiamano "Malautore".
Per fermarlo c'è un solo modo: spedire nelle storie eroi
che gli impediscano di realizzare i suoi piani malefici. E
così Adam, un ragazzino appassionato di horror, è stato
scelto dai Maestri dei libri per salvare le storie più
spaventose. Armato del libro Le grandi storie horror, *un*
portale che permette di accedere a mondi terrificanti,
adesso ha nelle sue mani il futuro del genere.
Ma attenzione: per sconfiggere il Malautore e
tornare nel mondo reale avrà a disposizione
solo un'ora. Trascorso quel tempo,
rimarrà prigioniero del libro
in eterno...

Capitolo uno

Adam scostò il piumone con i ragni colorati e si sedette sul letto. Si era svegliato di soprassalto nel bel mezzo di uno strano incubo (una verifica di matematica, un fiore con le zanne e degli zombi affamati) e non era più riuscito ad addormentarsi.

E così, anche se era presto, si annoiava e stava morendo di fame.

Sentì lo stomaco che gli brontolava e guardò invidioso Oscar sgranocchiare sul mucchietto di fieno. I conigli, beati loro, mangiano quando vogliono. Adam, invece, doveva aspettare che si svegliassero sua sorella e i suoi genitori, e ci sarebbe voluta un'eternità: sua madre insisteva perché nel fine-settimana facessero colazione tutti insieme, ma questo non le impediva di poltrire fino a tardi.

All'improvviso, il grosso coniglio bianco si irrigidì. Si drizzò sulle zampe posteriori e piegò le orecchie verso la porta, con aria preoccupata.

Adam si corrucciò. Di sicuro era ancora la creatura demoniaca di sua sorella Sofia che si aggirava davanti alla camera. Lei sosteneva che si trattasse di un cane, ma lui aveva qualche dubbio in proposito. Da anni Sofia ne voleva uno e, tre giorni prima, lo aveva finalmente ricevuto come regalo di compleanno. Erano stati all'ENPA e, ovviamente, lei aveva scelto l'animale più orribile di tutto il canile. Era un grosso cane nero, tutto peloso, con un'enorme lingua bavosa. Mordicchiava qualunque cosa, tanto che sua sorella si portava sempre dietro una vecchia boccetta di profumo piena di aceto per spruzzarlo sugli oggetti che lui tentava di mangiare. In teoria, serviva a dare cattivo sapore, ma per ora non si era dimostrato molto efficace. E, in più, tutta la casa aveva odore di insalata.

Il peggio era che il cane stava in agguato per ore fuori dalla camera di Adam, aspettando il momento giusto per assalire Oscar.

Il ragazzo sospirò, si alzò dal letto e si infilò le pantofole.

« Non preoccuparti, ci penso io » disse al coniglio. « Quel mostro non ti torcerà un pelo: prima dovrà divorare me! »

Oscar non sembrò molto rassicurato e corse a nascondersi sotto il letto.

Adam aggrottò le sopracciglia, socchiuse la porta e diede un'occhiata nel corridoio.

Davanti alla camera c'era effettivamente il cane nero appostato con la lingua penzoloni.

«Ci avrei scommesso! Vattene, bestiaccia!» lo ammonì.

L'animale, che era cattivo oltre che stupido, piegò la testa di lato ma non si mosse.

Adam uscì dalla stanza chiudendosi la porta alle spalle.

«Sciò! Vattene!» ripeté, agitando le braccia.

All'improvviso il cane fece un balzo, gli azzannò la mano e poi scappò correndo via.

«Ahia! Torna qui, bestiaccia!» bisbigliò Adam più forte che poteva.

In quanto proprietario di un libro magico, che fungeva da portale verso le storie più spaventose di tutti i tempi, e di fratellino della ragazza più insopportabile del mondo, era abituato al pericolo.

Ma ci teneva troppo alla pelle per rischiare

di svegliare sua madre alle sette del sabato mattina.

Si lanciò all'inseguimento del cane in punta di piedi. L'animale si precipitò giù per le scale e si fiondò in cucina, saltellando come se avesse fatto un bello scherzetto.

« Se ti prendo... ! » minacciò Adam sottovoce.

Anche se il morso non aveva lasciato nessun segno, era una questione di principio: la bestia non poteva certo fare tutto quello che le pareva!

«Ehi! Che stai facendo al mio cane?» chiese la voce di sua sorella, mentre Adam entrava a sua volta in cucina.

Sofia, in camicia da notte e vestaglia, teneva in mano un biscotto al cioccolato.

«Hai preso un cookie!» esclamò lui, indignato. «Non si può mangiare prima di colazione, e in più sono i biscotti della merenda!»

Lei alzò gli occhi al cielo.

«Che bambino! Ti faccio notare che anche tu sei in cucina: stavi per fare lo stesso».

Era vero. Prima di farsi distrarre dal cane, Adam aveva pensato di andare a pescare un biscotto nella scatola dei dolci, aspettando che si svegliassero i suoi. Ma questo non l'avrebbe mai confessato.

«Non è vero niente» mentì. «Stavo cacciando via il tuo cane cattivo. Faceva paura a Oscar!»

Sofia finì il biscotto e accarezzò il cane che le si era accostato alle gambe. L'animale non aveva un nome. Inizialmente lei lo aveva chiamato "Liquirizia", poi aveva cambiato idea. Il cane si era visto affibbiare altri quattro nomi diversi, prima che la ragazza decidesse infine di aspettare "un'ispirazione". Adam era sicuro che sua sorella volesse solo attirare l'attenzione su di sé.

«Ma che dici...» rispose lei. «E comunque è meglio del tuo stupido coniglio che non fa altro che mangiare»

«Mi ha morso!»

«È solo un cucciolo ed è buono: voleva giocare. Non sanguini nemmeno!»

Sofia si alzò in piedi e incrociò le braccia assumendo quell'aria piena di sé che Adam non sopportava.

«È un mostro!» insistette lui.

«Beh, allora dovrebbe piacerti! Pensavo

fossi un fan di tutto ciò che fa paura! » replicò sua sorella.

Detta così, non si poteva neanche darle torto. Ma Adam avrebbe preferito essere rinchiuso in un sarcofago con la mummia di un faraone maledetto, piuttosto che ammetterlo.

« Non c'entra niente! » protestò. « Dobbiamo riportarlo al canile prima che divori qualcuno! »

« Neanche per sogno! È il mio cane, e se tu puoi tenere il tuo stupido coniglio, non vedo perché io non dovrei avere un animale tutto mio! »

« Oscar è molto intelligente! E almeno lui non è un pericolo pubblico! »

« Sei solo geloso perché... »

Un rumore di corsa caotica e di colpi sul pavimento al piano di sopra la interruppero.

Adam riconobbe subito il modo in cui Oscar batteva per terra le zampe posteriori quando aveva paura.

Si sentivano anche passi più pesanti... Di un animale molto più grosso.

«Il tuo cane!» gridò Adam.

«Ma smettila, è qui».

Mentre pronunciava quelle parole, Sofia si rese conto che il cane zitto zitto se l'era svignata.

Adam corse al piano di sopra. La porta di camera sua era aperta.

Capitolo due

Adam entrò terrorizzato all'idea di ritrovare Oscar ridotto in polpette.

Ma il cane non prestava alcuna attenzione al coniglio che si era rifugiato sopra il letto. Con il pelo arruffato ringhiava verso la libreria.

Tutto ciò non prometteva niente di buono.

«Ehi, cane! Spostati, esci da qui» disse il ragazzo con un tono allegro.

La bestia continuava a minacciare e non aveva alcuna intenzione di muoversi. Le tende erano chiuse e la stanza era immersa nella penombra, tanto che Adam non riusciva a vedere perché l'animale fosse spaventato, anche se si era fatto un'idea.

Il cane era proprio davanti al punto in cui era collocato il volume *Le grandi storie horror*. Quel libro gli era stato affidato dai Maestri dei libri e fungeva da portale per viaggiare nelle storie di paura più terrificanti. In cambio, lui doveva proteggerle dal famigerato Malautore.

Da diversi mesi il portale non si era attivato. Adam aveva ipotizzato che, negli ultimi tempi, il Malautore avesse attaccato delle storie che non facevano paura, oppure che il portale non funzionasse più.

Con la sua solita sfortuna, non si sarebbe stupito di vedere che il portale magico scegliesse di svegliarsi proprio quando il cane di sua sorella ci teneva il muso sopra.

Mentre Sofia li raggiungeva in camera, Adam notò che dalla libreria si alzava un pennacchio di fumo nero.

Il portale si stava aprendo davvero!

In preda al panico, Adam afferrò il cane per la collottola e lo strattonò indietro. Sofia e il suo maledetto animale dovevano uscire alla svelta!

Il cane non si mosse. Era così incantato dal grosso libro di cuoio nero da non accorgersi nemmeno che lo stavano tirando via.

«Fermo, gli fai male!» intervenne Sofia. «Tanto il tuo coniglio non rischia niente, è sul letto»

«Fallo uscire! Aiutami!» esclamò Adam, disperato.

«Ma sei impazzito? Lascialo! Su, vieni» aggiunse poi rivolta al cane.

Tirò fuori dalla tasca della vestaglia la boccetta con l'aceto e la agitò davanti al muso dell'animale per convincerlo ad allontanarsi. Ma il cane non le prestava attenzione.

Ringhiava con ferocia, digrignando le zanne. Sofia aggrottò le sopracciglia.

Si chinò anche lei verso la libreria, sospettosa.

«Del fumo? Ma che succede, c'è un incendio?» chiese.

Adam gemette tra sé e sé. Se sua sorella non se ne fosse andata subito, avrebbe scoperto tutto!

Agitatissimo, infilò le braccia sotto la pancia del cane e lo sollevò. Non aveva intenzione di combattere il Malautore con quella bestiaccia tra i piedi!

«Ehi! Smettila!» intervenne Sofia.

L'animale si dimenava lanciando guaiti, ma Adam tenne duro. Lo portò di peso fino al corridoio e gli chiuse la porta sul muso.

«Esci anche tu da camera mia!» ordinò alla sorella «E fa' in modo che il tuo cane non torni qui, scommetto che ha le pulci!»

Sperava che lei si offendesse quel tanto da andarsene sbattendo la porta. Avrebbe sicuramente svegliato i genitori, ma era sempre meglio che farla assistere all'apertura del libro *Le grandi storie horror*.

O, peggio, portarsela dietro in un mondo spaventoso minacciato dal Malautore.

Ma non c'era mai niente che andasse come voleva Adam. Era sicuro di essere stato colpito dall'incantesimo di una fata malvagia fin dalla nascita. Oppure di aver vomitato su una strega-infermiera nel reparto maternità, o qualcosa di simile.

In ogni caso, prima che Sofia avesse tempo di rispondere a tono, la camera si riempì di un fumo così denso che non si vedeva più niente.

Adam sentì sua sorella emettere un gemito, mentre il cane abbaiava furiosamente da dietro la porta. Poi, ancora immerso nell'oscurità, sentì un lupo ululare in lontananza.

Sospirò. Ancora una volta si trovava in pericolo di morte... in pigiama.

Ed era accompagnato da quell'impicciona di sua sorella.

Fra tutti gli incubi lei era mille volte peggio del fiore con le zanne, degli zombi e delle verifiche di matematica messi insieme.

Capitolo tre

« Che... che succede? Dove siamo? Perché è così buio? »

Il volume della voce di Sofia si alzava a ogni domanda.

« *Sssh!* Stai zitta o ci farai mangiare vivi! Non sai mai quello che puoi trovare nei libri. Credimi, gli scrittori sono tutti pazzi » rispose qualcuno.

Adam riconobbe la voce di Oscar, prima ancora che il fumo nero de *Le grandi storie horror* si dissipasse.

Ottimo. Oltre al portale magico e al Malautore, avrebbe dovuto spiegare a sua sorella la presenza di un coniglio parlante. E fare in modo che lei non finisse nelle fauci dei mostri che si aggiravano sicuramente nei dintorni.

Questa storia non poteva concludersi se non con la tragica morte di tutti e tre. Dopodiché, i genitori sarebbero rimasti soli con un cane brutto e rumoroso, unica consolazione per la scomparsa prematura dei figli.

«Chi ha parlato?» chiese Sofia. «Adam, non è divertente! Smetti subito di fare quella vocina strana, non ho mica paura del...»

Tacque all'improvviso, mentre il fumo si diradava nell'aria rivelando il paesaggio tutto intorno. Il sole calava su grigie colline sassose dove crescevano esili arbusti. Davanti a loro c'erano delle pietre disposte in una ventina di piccoli cerchi in cui avrebbero potuto sedersi due o tre persone. Solo una di quelle strane costruzioni era ricoperta da una tettoia e aveva l'aspetto di una minuscola capanna.

«La mia voce non ha niente di "strano". Ho solo le corde vocali corte, tutto qui!» protestò Oscar. «*Argh*, non riesco a credere di essere stato trascinato un'altra volta in un mondo pieno di mostri e psicopatici! E in più mi faccio insultare! Vi segnalo che sono scampato alla morte *trenta secondi fa*! Tra l'altro bisognerà mettere un chiavistello alla mia porta, ora che viviamo con un assassino di conigli» aggiunse, lanciando uno sguardo accusatorio verso Sofia.

Adam si aspettava che sua sorella si mettesse a gridare, ma lei si accontentò di aprire la bocca, strabuzzando gli occhi.

«Dove siamo?» chiese poi con voce spaventata. «Come siamo arrivati qui e perché il tuo coniglio parla?»

«Ehm... è una storia lunga e non c'è molto tempo. Dobbiamo muoverci» le rispose lui.

Sofia si mise a braccia conserte con aria

scocciata. Adam avrebbe evitato volentieri le spiegazioni, ma sentiva che non sarebbe stato possibile.

«Hai presente il mio librone nero?» chiese.

«Quello che porti sempre con te? Quella specie di enciclopedia dell'orrore?»

«Ah, lo sapevo che avevi frugato tra le mie cose!» l'accusò lui.

«Sì, ok... e quindi? Che c'entra il libro con questa situazione?»

«Non è un semplice libro. *Le grandi storie horror* è un portale che mi spedisce nei romanzi di paura. Per farla breve, me l'hanno affidato perché devo evitare che una specie di stregone malefico prenda il controllo delle storie e le modifichi».

Sofia scrollò il capo.

«Non ci capisco niente. Sei completamente fuori di testa»

«Non mi credi? Siamo stati teletrasportati sì o no?» chiese lui un po' irritato.

Il sole calava rapidamente e tra non molto sarebbe stato buio pesto. Adam doveva scoprire in fretta in quale romanzo si trovassero, e non sarebbe stato facile: non si sentiva alcun rumore ed erano atterrati in mezzo al nulla. Non c'era tempo di litigare con sua sorella!

Si passò una mano dietro la nuca, cercando di non pensare alla spiacevole sensazione di essere osservato che sentiva sempre quando entrava in un mondo controllato dal Malautore.

Lì attorno soltanto il cerchio di pietre con il tetto poteva sembrare un'abitazione.

«Andiamo laggiù» decise Adam, indicandolo. «Dobbiamo scoprire in quale libro ci troviamo, e in quella capanna potrebbe esserci un indizio»

«Per me va bene, purché dentro non ci sia

nessuno che ci aspetta per divorarci! » disse Oscar.

« Basta così! Ho paura! Non mi muoverò da qui finché non mi avrai spiegato per filo e per segno come mai siamo in questo posto! » esclamò Sofia.

« *Sssh!* » rispose Adam. « È pericoloso fare troppo rumore! »

Era tentato di lasciarla lì e continuare da solo: Sofia lo avrebbe solo rallentato. Ma ovviamente non poteva abbandonarla. Anche

se spesso lei gli rompeva le scatole, era comunque sua sorella e, se le fosse successo qualcosa, non se lo sarebbe mai perdonato.

«Sto aspettando!» insistette lei, tamburellando il piede per terra.

Se solo non fosse stata così testarda!

«Lascia stare, ci penso io» intervenne Oscar. «Tu, intanto, cerca di scoprire in quale storia siamo finiti e se rischiamo di incontrare dei mostri che mangiano i conigli».

Sofia fece una smorfia.

«È davvero *troppo*!» disse squadrando il coniglio bianco. «Già mettevi ansia con quegli occhi rossi, ma adesso sei proprio...»

«Ehi! Abbassiamo i toni!» si indignò il piccolo animale. «Se continui così, non ti spiego un bel niente!»

Adam scrollò la testa e si allontanò, mentre Oscar iniziava a spiegare. Le ombre si allungavano, e lui che era in pantofole doveva fare attenzione a non prendersi una storta sul suolo sconnesso. Diede un'occhiata ai piedi di Sofia. Portava quei bruttissimi scarponcini di gomma che si metteva quando stava in casa perché li trovava comodissimi.

Mai e poi mai Adam avrebbe pensato di invidiarglieli, ma in quel momento sarebbe stato disposto a cedere la sua statuetta di Godzilla in cambio di quegli obbrobri con la suola spessa.

A un tratto, un lugubre gemito attirò la sua attenzione.

Laggiù! Un'ombra gigantesca spuntò in mezzo ad arbusti secchi ed enormi rocce...

Un attimo dopo era sparita.

Adam sussultò. Non c'era molta luce, ma per un attimo avrebbe giurato di avere visto delle fiamme illuminare un grugno mostruoso.

Accelerò il passo scrollando la testa. Non conosceva nessun romanzo in cui un

demone gigante si aggirasse per la campagna sputando fuoco. Perlomeno, non se lo ricordava...

Qualcosa lo afferrò per il bavero del pigiama e lo fece sobbalzare.

« Adam! » sussurrò Sofia.

Il ragazzo si appoggiò una mano sul petto e tirò un profondo sospiro.

« Sei pazza, mi stava per venire un infarto! » bisbigliò.

Solitamente lei lo avrebbe preso in giro, ma stavolta si accontentò di dare un'occhiata preoccupata attorno a sé.

« È vero quello che dice il coniglio? Entri nelle storie horror e le salvi da una specie di stregone cattivissimo? »

« Sì » le rispose.

« Lo fai da molto tempo? »

« Da un po'. Ma non ti preoccupare, ce la caveremo. Ho la situazione sotto controllo ».

Cioè, in teoria. In realtà non sapeva dove si trovassero. Forse non conosceva nemmeno la storia, e non poteva di certo contare su Sofia: lei odiava tutto ciò che metteva paura.

Si avvicinò ulteriormente alla capanna, pregando di trovare presto un indizio, finché riuscì a sentire due voci maschili. Si accostò l'indice alle labbra per far capire a Oscar e Sofia di tacere, e appoggiò l'orecchio al muro di pietre.

I due uomini parlavano di una certa Laura Lyons.

Quel nome non gli ricordava nulla.

«Allora, dove siamo?» chiese Sofia.

Adam scrollò le spalle, nervoso. La conversazione non gli suggeriva niente di utile e il tempo scorreva rapido... Avevano soltanto un'ora per sistemare la storia e trovare l'oggetto che li avrebbe riportati a casa!

Sofia sospirò e con un gesto deciso si buttò i capelli dietro le spalle.

«Ok, da quanto dice il coniglio, abbiamo fretta. Quindi non facciamo notte qui!»

Prima che Adam potesse fermarla, sua sorella fece il giro della capanna a grandi passi e si infilò all'interno.

Capitolo quattro

Per un attimo Adam fu paralizzato dall'angoscia.

«Ma è impazzita?! Là dentro potrebbero esserci degli assassini alieni!» esclamò Oscar.

Quell'idea spinse Adam a precipitarsi all'inseguimento della sorella. I due uomini all'interno della capanna si erano zittiti e osservavano i nuovi arrivati con curiosità. Il primo era magro e abbronzato, con indosso un abito piuttosto vecchio e un cappellino all'antica. L'altro, più basso e robusto, portava i baffi.

Sembravano entrambi molto stupiti, il che

era legittimo considerato che avevano appena fatto irruzione nella capanna due adolescenti con addosso dei pigiami del XXI secolo, accompagnati da un coniglio albino.

Sofia alzò le mani davanti a sé per far vedere che non era armata.

«Non siamo qui per aggredirvi o altro» disse. «Vogliamo soltanto verificare chi siete»

«Ma sei matta! Che stai combinando? Dobbiamo andarcene, altrimenti finirai per cambiare il corso della storia» mormorò Adam cercando di trascinarla via.

L'uomo con il cappellino sembrava divertito.

«Watson, a quanto pare questi due giovanotti ci hanno scovati. Ma sarei curioso di capire come...»

Adam trattenne un grido di gioia. Watson! Il dottor Watson, l'amico di Sherlock Holmes! Di sicuro erano in un romanzo di Arthur Conan

Doyle, e lui ne conosceva soltanto uno con un grosso animale assassino.

«Il dottor Watson? Quindi... lei sarebbe Sherlock Holmes? Ma figuriamoci, non ci casco!» esclamò Sofia. «Sono una fan della serie tv, e i personaggi sono mille volte più belli di voi! Soprattutto Sherlock»

«Chiedo scusa?» reagì il dottor Watson. «Di che cosa state parlando, signorina?»

Adam appoggiò la mano sulla bocca della sorella per evitare che facesse ulteriori danni.

«Niente, lasci perdere... Non c'è tutta con la testa. Grazie e buona serata!» esclamò spingendo la ragazza fuori dalla capanna. «So dove siamo» le sussurrò. «Dobbiamo sbrigarci».

Con suo grande sollievo, Sofia lo lasciò fare senza dimenarsi: aveva i gomiti molto appuntiti... Quando si furono allontanati un po', lui cercò di fare mente locale raccogliendo i ricordi che aveva del romanzo. Davanti a loro si ergeva una collina.

A destra si scorgevano le due torri del castello dei Baskerville, e a sinistra un pennacchio di fumo indicava la presenza di una casa. Evidentemente qualche istante prima la bestia enorme si era diretta verso la collina.

«Da quella parte» disse, indicandola.

Era certo che Watson e Holmes li stessero ancora osservando. Dovevano allontanarsi in fretta.

«Siamo nel romanzo *Il mastino dei Baskerville*» annunciò mentre salivano per il sentiero sassoso.

«Come? Macché! Io, quella storia, la conosco. È completamente diversa» lo contraddisse la sorella.

«Ma che stai dicendo?!» si stupì Adam.

Sofia si schiarì la voce, segno che si apprestava a fare uno dei suoi discorsi da saputella.

«Innanzitutto, come ho già detto, Sherlock

e il dottor Watson non assomigliano affatto a quei due. Inoltre, l'episodio su Baskerville si svolge in una base militare segreta vicino a un paesino con una foresta. Si parla di un gas che provoca allucinazioni e di animali mutanti... tipo un coniglio che brilla nel buio».

Abbassò gli occhi verso Oscar.

«Non guardarmi così, sono cento per cento naturale» le disse il coniglio indignato.

«Vabbè...» concesse lei con aria poco convinta. «Insomma, di sicuro non siamo a Baskerville».

Nonostante il tono risoluto, avanzava a piccoli passi rapidi, guardandosi alle spalle di continuo. Stava calando la notte e neanche Adam era molto tranquillo. Odiava rimanere bloccato in un romanzo di paura dopo il tramonto. Purtroppo, la maggior parte delle scene horror si svolgono di notte.

«Macché» ribatté il ragazzo. «Baskerville

non è un luogo, ma una famiglia maledetta. Un cane demoniaco uccide i Baskerville uno dopo l'altro perché un loro antenato aveva venduto l'anima al diavolo. Poi... non me lo ricordo più... »

« Ma non mi dire » borbottò Sofia.

« È che non sono un patito di romanzi polizieschi. Ho letto solo questo perché c'è il mastino degli inferi. E me lo ricordo a grandi linee! » protestò Adam. « Sherlock Holmes viene ingaggiato per proteggere l'erede dei Baskerville, dopo che suo nonno... o suo zio... non saprei. Insomma, il fatto importante è che l'erede precedente è morto in modo misterioso e che vicino al corpo c'erano delle impronte di cane »

« Non è quello che ho visto in tv » insistette la sorella.

Adam alzò gli occhi al cielo, ansimando mentre si inerpicavano su per una salita sempre più ripida. Lo sport non era proprio la sua specialità.

«Quello era un adattamento. Hanno cambiato un sacco di roba. Qui, invece, siamo nella storia originale di Conan Doyle. Le vedi quelle torri? È il castello dei Baskerville» disse indicandole.

Si riuscivano ancora a distinguere in lontananza, benché la landa ora fosse immersa nella penombra.

«Se lo dici tu» rispose Sofia. «Allora, che facciamo?»

«Cerchiamo ciò che il Malautore ha cambiato nella storia e ripristiniamo la trama originale» rispose Adam. «È facile sapere in quale parte del libro siamo, perché Sherlock Holmes non appare quasi mai. In questa scena sta parlando con Watson e a un tratto...»

Un urlo da far gelare il sangue lo interruppe. L'urlo di una bestia feroce.

Seguito da un grido.

Il grido di terrore di un uomo.

«E "a un tratto" che succede?» chiese Sofia con voce più timida.

«Il cane uccide qualcuno» concluse Adam.

Capitolo cinque

Adam strizzò gli occhi per penetrare l'oscurità. Gli bastò un attimo per individuare il cane dei Baskerville. Nero come il carbone, era gigantesco. Brillava di luce rossa, come se il pelo fosse circondato di fiamme.

Davanti a lui un uomo incespicava sul sentiero sconnesso. Era chiaro che l'animale non avrebbe tardato a raggiungerlo.

Senza esitazione Adam partì all'inseguimento.

«Sei sicuro che dobbiamo metterci tra il bestione e il tizio che muore?» chiese Oscar, balzando al suo fianco.

« No, ma se vogliamo scoprire ciò che il Malautore ha cambiato, bisogna seguire il mostro. E comunque Holmes e Watson arriveranno a breve: hanno sicuramente sentito le grida » rispose Adam con voce trafelata.

Già non gli piaceva correre sul suolo liscio di uno stadio, figurarsi sul terreno scosceso.

L'uomo emise un altro gemito di terrore e disperazione. La bestia ringhiò e per un attimo le si illuminò il muso.

Adam fece una smorfia.

Sembrava davvero che il mastino sputasse fuoco. Ma nel romanzo di Conan Doyle l'animale brillava perché gli era stata applicata una sostanza fluorescente sulla testa e sulle zampe. Non era assolutamente un cane infernale.

Era dunque opera del Malautore? Chissà se il mostro avrebbe provocato un incendio o ridotto qualcuno in cenere.

Adam sperava proprio di no. Da bambino si era bruciato la mano su una piastra di cottura e aveva sofferto tanto. Non voleva nemmeno immaginare quanto male potesse fare l'alito infiammato di un cane degli inferi.

Si fermò quando l'uomo raggiunse vacillando la cima di una cresta rocciosa, seguito dal cane demoniaco.

« Non dovremmo aiutarlo? » chiese Sofia col fiatone. « Non lasceremo mica che venga ucciso un uomo! »

« Nella storia è così » rispose Adam a malincuore. « Non possiamo cambiarla. E poi, non per spoilerarti il libro, ma quello è un tipaccio »

« Può darsi, però... » mormorò lei.

L'uomo indietreggiò davanti al cane enorme. All'improvviso inciampò e perse l'equilibrio. L'uomo cadde all'indietro e sparì lanciando un ultimo grido lacerante.

Il mastino rimase appollaiato sulle rocce con il muso spalancato da dove sembravano guizzargli le fiamme.

« Non capisco » mormorò Adam. « Sembra che il cane sputi davvero fuoco, ma a parte questo la scena è normale. Tutto si svolge come nel romanzo »

« E adesso che cosa dovrebbe succedere? » chiese Sofia.

« Il cane se ne va. Holmes e Watson scoprono il cadavere. Pensano che sia sir Henry Baskerville, perché il morto indossa i suoi vestiti... »

« Come mai? » chiese Oscar. « Non credevo che gli umani si scambiassero gli abiti ».

Adam cercò di spiegargli tutto nel modo più semplice possibile.

« Sir Henry ha donato ai poveri i suoi vestiti vecchi » disse riassumendo. « Insomma, è per quello che il cane rincorreva il tizio che abbiamo visto. L'ha scambiato per l'erede dei Baskerville a causa dell'odore sui vestiti»

«E l'erede dov'è?» chiese Sofia.

Adam, sentendo qualcuno correre verso di loro, non rispose. Il cane voltò la testa di lato, in direzione del rumore.

«Venite, dobbiamo nasconderci: arrivano Watson e Holmes!» sussurrò Adam.

Si accovacciò dietro un grosso mucchio di pietre, trascinandosi dietro Sofia. Per quanto affascinante fosse la possibilità di incontrare il detective più celebre del mondo e il suo amico, non poteva perdere tempo con loro. Doveva salvare la storia!

«C'è qualcuno?» chiamò una voce maschile che Adam non riconobbe. «Ho sentito gridare!»

Invece di sparire nella notte come avrebbe dovuto fare, il cane alzò il muso e annusò l'aria. Poi si mise a ringhiare, piegando le zampe come per prepararsi a balzare.

« Non dovrebbero arrivare da lì » mormorò Sofia. « Logicamente avrebbero dovuto seguire il nostro stesso sentiero... »

A malincuore Adam doveva riconoscere che sua sorella aveva ragione. In quel momento apparve davanti a loro una sagoma.

Una persona sola con una lanterna in mano. Era un giovane con indosso dei vestiti sicuramente molto eleganti per il XIX secolo.

« C'è qualcuno? » ripeté guardandosi attorno.

« Oh, no » mormorò Adam. « Questo è un gran problema »

« Chi è? » chiese Sofia.

« Credo sia sir Henry. Dobbiamo evitare che il cane lo uccida! Doveva starsene al sicuro nel castello! »

Adam si precipitò sul nuovo arrivato che non aveva notato il mostro e si dirigeva dritto verso di lui.

«Sir Henry! Scappi via!» gridò Adam.

Poi sentì sua sorella sussurrare a Oscar «Oh, non ci credo. Dobbiamo fuggire anche noi?» mentre lo seguiva.

L'uomo si fermò, stupito. Cambiò espressione quando si accorse dell'enorme mastino con gli occhi rossi puntati su di lui.

Il cane lanciò un urlo agghiacciante. Adam fece un balzo in avanti, più lungo di quanto si aspettasse, e afferrò l'uomo per un braccio.

«Venga, non possiamo restare qui!» gridò.

Lo fece tornare indietro il più velocemente possibile. Il mostro era proprio alle loro spalle.

Non sarebbero riusciti a seminarlo! Anche uno sprinter non avrebbe potuto gareggiare con un cane di quella taglia, tanto più che, nonostante la luce tremolante della lanterna, vedevano a malapena dove mettevano i piedi.

«Chi siete?» chiese sir Henry ansante.

«Che succede? Ho sentito gridare e sono venuto, ma...»

«È il cane demoniaco! La vuole uccidere!» esclamò Adam.

Il mostro ringhiava e non aveva alcuna intenzione di farsi sfuggire la preda. Bisognava liberarsene, ma come? Adam non osava voltarsi per controllare che Sofia e

Oscar li stessero seguendo. Dopotutto loro non rischiavano niente: il mastino ce l'aveva soltanto con Henry Baskerville.

O almeno, così sperava.

Sir Henry inciampò sulla radice nodosa di un arbusto e cadde a terra trascinando Adam con sé. Il ragazzo si schiantò al suolo con violenza. Tutto il corpo gli vibrava per l'urto subìto.

All'improvviso il ringhio era vicinissimo.

Quando Adam alzò la testa, il cane gli era davanti con gli occhi scintillanti e fissi su di loro, le fauci spalancate che scoprivano zanne aguzze.

Quella massa nera avvolta dalle fiamme si scagliò contro Sir Henry e Adam prima che avessero il tempo di reagire.

Capitolo sei

Adam allontanò sir Henry dalla traiettoria dell'animale.

Il muso enorme del mostro gli sfiorò il braccio, mentre le fauci si serravano nell'aria a qualche centimetro dal volto dell'erede dei Baskerville. Il ragazzo sentì un forte dolore al polso.

Si era ustionato!

L'animale tornò subito alla carica, ma qualcosa lo arrestò di colpo: dietro di lui Sofia gli stava lanciando dei sassi.

« Smettila, bestiaccia! Lascia in pace quell'idiota di mio fratello! » ordinò, senza smettere di far piovere addosso al mostro tutte le pietre che trovava.

Adam approfittò della distrazione del cane per afferrare la lanterna sfuggita a Henry nella caduta. La candela era ancora accesa. Adam avrebbe preferito tenersela per fare luce, ma non aveva altro sottomano.

Scagliò la lanterna con più forza possibile contro il muso del mostro.

Questi indietreggiò, guaendo di dolore. Adam si irrigidì: non gli piaceva far del male agli animali, neanche a un cane assassino degli inferi che esisteva soltanto in un vecchio romanzo.

«Che aspetti?» gridò Sofia, destandolo dai suoi pensieri. «Pensavo dovessimo riaccompagnare il tizio al castello».

Il ragazzo diede un'ultima occhiata all'animale che barcollava disorientato e si dava delle zampate sul muso. Ora il buio era molto fitto e, senza lanterna, l'unica sorgente luminosa proveniva dalle fiamme che formavano una specie di aureola attorno al cane.

Adam balzò in piedi. Sofia aveva ragione, bisognava portare via sir Henry da lì mentre il mastino era distratto. Con un po' di fortuna, l'imminente arrivo di Holmes e Watson avrebbe rallentato ancor più l'animale... anche se il ragazzo di certo non voleva che il detective o il dottor Watson si facessero sbranare.

«Oscar!» chiamò. «Devi andare avanti tu per farci strada: non si vede niente».

Il coniglio comparve ai suoi piedi.

«D'accordo, d'accordo. Che faresti senza di me?»

«Chi ha parlato?» chiese Baskerville seguendo Adam. «Credevo ci foste soltanto voi e la vostra amica!»

«È un altro amico... più piccolino. Andiamo!» rispose il ragazzo.

Avanzarono più veloci possibile. Con gli occhi fissi sulla macchia bianca e pelosa di Oscar, Adam cercava di non farsi prendere dal panico.

«Il castello è lontano?» chiese a sir Henry.

«Non molto se prendiamo la strada giusta, ma mi sono trasferito qui di recente ed è difficilissimo ritrovarla quando non si vede a un palmo dal naso» rispose l'erede dei Baskerville con voce preoccupata.

«Per caso, qui nei dintorni, c'è un posto dove potrebbe mettersi in salvo?» chiese Sofia.

«Ehm... mi stavo recando a casa di amici, quando sono stato attirato dalle grida. La loro dimora non dovrebbe essere distante, ma non so quale direzione prendere per raggiungerla».

Era proprio ciò che Adam temeva. Gli sembrò di sentire un rumore di zampe alle loro spalle, e accelerò senza badare ai piedi doloranti.

Le pantofole non sono per niente adatte a correre su per le colline sassose.

«Oscar, vedi il castello?» chiese al coniglio.

«Ma secondo te? Sai a che altezza sono i miei occhi?» rispose il coniglio di cattivo umore. «Il terreno non è affatto piano e non so dove sto andando, quindi se finiamo in fondo a un burrone non è colpa mia».

Sofia schioccò la lingua più volte per esprimere la sua disapprovazione.

«Il tuo coniglio è il re degli scorbutici. Non mi stupisce... Anche a casa ha sempre la luna storta» disse col fiatone.

«Mi sembra di sognare... Ma ti sei vista?!» rispose il coniglio.

«Un coniglio?» ripeté sir Henry con voce stridula. «Ehm... c'è un cane degli inferi e un coniglio parlante?»

«State zitti, tutti e tre!» ordinò Adam.

Già era difficile concentrarsi per via dello stress e per la presenza opprimente del Malautore che aleggiava sul mondo immaginario, ma con tutto quel chiasso era davvero impossibile. Doveva trovare una soluzione, e in fretta: continuare a procedere a caso non serviva a niente, e presto il cane li avrebbe raggiunti...

«Ma perché lei è uscito dal castello?» si lamentò senza aspettare risposta. «Watson l'aveva avvertita di non andare in giro da solo!»

«Non saprei spiegarvelo» rispose sir Henry con un turbamento nella voce. «Non avevo intenzione di farlo, ma a un tratto ho preso il cappotto e il cappello...»

«Già, capisco» borbottò Adam.

Era un colpo del Malautore, senza alcun dubbio.

All'improvviso qualcosa di molto grande si precipitò verso di loro. Adam distinse un rumore di zoccoli sul terreno, poi un nitrito terrorizzato.

Era un cavallo imbizzarrito.

Un cavallo!

Si fermò di colpo.

Sir Henry lanciò un grido sordo. A quanto pare, aveva capito anche lui che andavano nella direzione sbagliata. Non erano vicini né al castello, né alla casa dove si stava recando sir Henry.

Al contrario, stavano dirigendosi verso la palude.

Adam non ricordava benissimo la trama de *Il mastino dei Baskerville*. Ma aveva in mente la scena in cui un pony selvaggio moriva inghiottito dalla palude, sotto gli occhi del dottor Watson.

«Dove siamo?» chiese, sperando di sbagliarsi.

Sir Henry si guardò intorno. Adam fece altrettanto e intravide una luce fioca sulla destra. Dapprima credette fosse il cane, ma la luce non si muoveva.

«Quel bagliore viene dalla casa dei miei amici... Significa che il castello si trova alle nostre spalle e che stiamo andando dritti verso la palude di Grimpen» disse sir Henry con voce incolore. «È estremamente pericoloso, la melma può inghiottirvi in pochi minuti. Dobbiamo...»

Non ebbe il tempo di terminare la frase.

Il cane apparve nella notte fissando gli occhi di fuoco su sir Henry. Le fiamme proiettavano un bagliore rosso attorno a lui.

Era pronto a passare all'attacco.

Capitolo sette

« Che facciamo? » chiese Oscar. « Non abbiamo nessun luogo dove nasconderci e quel cane è velocissimo! »

Adam si mise le mani nei capelli, gli occhi fissi sull'orribile animale che scopriva le zanne in una specie di sorriso davvero malvagio.

Avrebbe voluto essere intelligente come Sherlock Holmes e trovare una soluzione.

« Adam! » lo richiamò Sofia. « Non possiamo stare qui tutta la notte! »

« Sì, sì, lo so... Non muovetevi! Se corriamo, il mastino ci inseguirà e non potremo distanziarlo. Il cane, il cadavere, i vestiti, Sherlock, la palude... » mormorò tra sé.

A un tratto si risollevò.

Ma certo, i vestiti!

« Sir Henry, mi dia la sua sciarpa! »

« Chiedo scusa? » balbettò l'uomo.

« La sciarpa! » ripeté Adam concitato. « Il cane riconosce le persone dall'odore. Quindi se io indosso la sua sciarpa e lei cambia odore, il cane la lascerà in pace. Sofia, hai l'aceto? »

« Sì » rispose lei. « Ho capito il ragionamento, ma poi tu che fai? Se il cane ti insegue ammazza te. Si può morire anche nelle storie, non è vero? »

Adam si mise al collo la sciarpa che gli porgeva sir Henry, mentre Sofia cospargeva di aceto l'erede dei Baskerville.

« Devi immediatamente allontanare sir Henry. Io e Oscar ci occuperemo del cane » le disse Adam.

Certo, avrebbe evitato volentieri di affrontare il mostro, ma non aveva altre idee.

«Perché io?» protestò il coniglio. «Non sono per niente d'accordo»

«Hai un piano?» chiese Sofia mentre Oscar continuava a lamentarsi.

Adam le prese la boccetta. Restava ancora un po' di aceto, e così la infilò nell'elastico dei pantaloni del pigiama. Poteva sempre servire.

« Non preoccuparti, sono un esperto ».

In ogni caso non c'era più tempo per pensare: il mastino si stava scagliando addosso a loro!

« Andate al castello! Non fermatevi! » gridò Adam correndo verso la palude.

Si diede un'occhiata alle spalle. Sofia e sir Henry erano già scomparsi nell'oscurità. Il cane si fermò di colpo e annusò l'aria, esitando.

« Proprio così, bello mio! Vieni qua! » gli gridò Adam.

Avanzò agitando leggermente la sciarpa, sperando che l'animale lo seguisse.

« Abbiamo davvero un piano? » chiese Oscar. « Questa storia mi puzza un po' »

« Non abbiamo niente per eliminare il cane » spiegò il ragazzo col fiato corto. « Nel libro viene ucciso con un colpo di pistola »

« *Pfff,* come al solito! Ma perché i

personaggi sono sempre armati e noi no?» brontolò il coniglio.

«Dobbiamo intrappolarlo nella palude» disse Adam. «È l'unica possibilità. Tanto più che qui il cane è molto più spaventoso che nel romanzo»

«Come sarebbe?» si stupì Oscar.

Adam sentì un calore insopportabile sfiorargli la schiena. Il mastino sputava un lungo getto di fiamme, illuminando i grossi ciuffi del canneto e la schiuma verde della palude. Il ragazzo si voltò. L'erba bruciava, formando un cerchio di fuoco attorno all'animale.

«Ma guardalo!» disse Adam con voce acuta. «Nel romanzo il cane brilla perché gli hanno messo della roba sul pelo per far paura. Non sputa fuoco *per davvero*!»

Scrutò la palude. Un odore di acqua putrida e marciume aleggiava nell'aria.

Adam fece una smorfia: non voleva nemmeno pensare agli animali in decomposizione sotto il fango. Era troppo ripugnante.

Almeno adesso si vedeva meglio. Ricordava che un personaggio del romanzo aveva piantato dei bastoni per indicare un percorso sicuro.

Cominciò a cercarli, quando il cane gli saltò addosso. Adam evitò per un pelo l'alito di fuoco. Gli dispiaceva non avere un bel pezzo di carne da lanciare verso uno degli stagni con la speranza che l'animale corresse a prenderlo.

Il cane tornò alla carica. Il ragazzo cadde sotto il peso del mastino, e questi spalancò le enormi fauci mostrando le zanne affilate. Il suo alito bruciava.

Adam stava per finire carbonizzato!

Non poteva morire! Senza di lui Sofia e Oscar non sarebbero mai riusciti a tornare nel mondo reale!

Ma come fare per sbarazzarsi del mostro? Era spaventosamente forte e il ragazzo non aveva niente con cui difendersi!

Divincolandosi per sfuggire alle grinfie del cane, Adam sentì un oggetto duro contro l'addome.

L'aceto di Sofia! Doveva spruzzarlo negli occhi del mastino, era l'unica possibilità di cavarsela!

Mentre l'animale si riempiva d'aria i polmoni, pronto a sputare le fiamme mortali, Adam cercò di prendere il flacone. Ma aveva le zampe del cane appoggiate sulle sue braccia e non riusciva a muoversi.

Niente da fare, sarebbe morto arrostito!

Chiuse gli occhi e si preparò al dolore.

Fu allora che risuonò un grido di guerra. Adam aprì le palpebre giusto in tempo per vedere Oscar atterrare sulla testa del mastino. Questi, sorpreso, balzò di lato, scrollando

la testa per liberarsi dall'aggressore. Senza perdere un istante, il ragazzo afferrò il flacone e lo brandì verso il mostro, premendo la pompetta.

Si beccò uno schizzo di aceto dritto in faccia e lanciò un grido. Non aveva controllato da che parte fosse puntato il vaporizzatore! Con la vista offuscata dalle lacrime, lo girò verso il cane e spruzzò sperando che il mostro soffrisse quanto lui.

Il mastino si scostò con un guaito e scosse violentemente la testa, spedendo Oscar per aria. Adam si asciugò gli occhi e si rialzò con cautela.

La bestia si rotolava sulla schiena. Il ragazzo ricordò di aver visto il cane di Sofia comportarsi allo stesso modo dopo aver annusato l'aceto da troppo vicino.

Indietreggiò verso la palude, controllando il mostro con la coda dell'occhio. Doveva spingersi nell'interno per riuscire a intrappolarlo in una zona pericolosa. Avrebbe preferito escogitare un piano migliore, ma non c'era più tempo.

Non appena si allontanò, il cane si rimise sulle zampe ringhiando e prese a inseguirlo.

Sembrava piuttosto arrabbiato, e non c'era da stupirsene visto quello che gli era appena successo.

All'improvviso Adam vide sulla sinistra un

bastone conficcato nel suolo: il percorso sulla terraferma era lì! Corse in quella direzione, cercando i bastoni disposti a intervalli regolari e pregando che la trappola non gli si ritorcesse contro.

Capitolo otto

Il terreno sotto i piedi di Adam era cambiato. Non c'era più il mucchio di sassi dove inciampava di continuo, ma un suolo più morbido e... sdrucciolevole.

E il cane era ancora nei paraggi.

Come poteva intrappolare l'animale nella palude senza subire la sua stessa sorte?

Un piede gli scivolò e sprofondò nel fango. Riprese l'equilibrio, tirando via il piede dal pantano con un rumore di risucchio schifoso.

La pantofola rimase intrappolata nella melma e Adam non ebbe il coraggio di fermarsi a recuperarla.

«Oddio, la mamma mi ucciderà!» mormorò continuando ad avanzare.

Qualche mese prima aveva già perso le pantofole lottando contro dei dinosauri affamati[1] e sua madre non era stata affatto contenta di dovergliele ricomprare.

E ora un secondo paio...

Ma un latrato feroce gli ricordò che aveva un problema più pressante.

Il cane si era rimesso a sputare fiamme, illuminando la palude di bagliori arancioni. Adam aveva la tremenda sensazione che la bestia somigliasse sempre meno al cane inseguito da Sherlock Holmes e sempre più al mastino della leggenda dei Baskerville.

Al mostro venuto direttamente dagli inferi per uccidere il malefico antenato di sir Henry.

[1] Vedi il volume della stessa serie *Sull'isola di Jurassic Park*.

Questo significava che il Malautore aveva cambiato due cose nel romanzo: il cane e il fatto che sir Henry fosse uscito dal castello per andare a trovare gli amici. Forse il Malautore era diventato più potente?

Chissà se Adam sarebbe riuscito di nuovo a sconfiggerlo!

Di certo non era in grado di battere il mastino dei Baskerville in una gara di corsa. Nonostante il vantaggio e l'assalto con l'aceto, all'animale c'era voluto meno di un minuto per raggiungerlo.

Un getto di fiamme gli sfiorò la spalla e carbonizzò un ciuffo di canne accanto a lui. Adam lanciò un grido e Oscar si nascose dietro una roccia, con le orecchie abbassate sul dorso.

Senza indugio, il mastino sputò di nuovo una zaffata di fuoco che il ragazzo evitò per un pelo.

A quel ritmo, tra dieci minuti il cane si sarebbe trasformato in un vero e proprio drago. E, a quanto pare, non aveva nessuna intenzione di risparmiare colui che credeva essere l'erede dei Baskerville. Dopo averlo aggredito abbaiando, balzò in avanti avvolto da fiamme così ardenti che Adam era certo di ustionarsi anche solo avvicinandosi.

In una frazione di secondo il ragazzo doveva decidere se scegliere il cane infernale o la palude.

Si buttò di lato, uscendo dal percorso segnalato. Era quasi certo che morire affogato fosse meno tremendo che finire grigliato dal mostro.

Atterrò malamente sulle ginocchia. Appena toccò terra con le mani, sentì subito che il suolo cedeva sotto il suo peso.

Cercò di strisciare verso la terraferma, ma il mastino tornò alla carica. Non riuscendo a evitare l'animale, Adam si accasciò. La gamba sinistra fu quasi subito inghiottita dalla palude.

Il cane scoprì le zanne, pronto a mordere. Il ragazzo non riusciva a divincolarsi, immobilizzato dal fango e schiacciato dal corpo della bestia enorme.

Per fortuna anche il mastino scivolava e si impantanava. Adam riuscì a liberare una mano e si sfilò la sciarpa di sir Henry che portava ancora attorno al collo. La alzò agitandola davanti al muso del cane.

Questi si concentrò subito sull'odore che era stato addestrato a individuare.

Adam appallottolò la sciarpa e la lanciò verso una pozza di fango sulla cui superficie scoppiavano bolle sospette.

La sciarpa cadde lieve sulla melma e il mastino saltò per acciuffarla.

L'animale era così attirato dalla nuova

preda che non si rese conto subito di essere prigioniero della palude. Appena se ne accorse, iniziò a ululare e a dibattersi, ma affondava inesorabilmente.

Quando l'immagine del cane si offuscò, Adam emise un sospiro di sollievo. Dalle fauci fumanti uscirono scintille, mentre il corpo lampeggiava e i contorni si affievolivano sempre più.

Poi scomparve di colpo.

Le fiamme svanirono con lui. La palude era nuovamente immersa nell'oscurità.

« Adam? Dove sei? » chiese Oscar. « Se n'è andato? »

« Sì, tutto ok! Sono qui! » gridò il ragazzo.

Voltatosi, vide una macchia bianca che si avvicinava.

« Ehm... non è per fare il guastafeste o altro, ma non mi sembra affatto tutto ok » fece notare il coniglio. « Direi anzi che sei in un bel pasticcio ».

Adam sentì il proprio corpo affondare di parecchi centimetri. Lì per lì era così terrorizzato dal cane assassino infernale che non aveva temuto di fare la stessa fine di tanti animali morti sepolti sotto il fango.

Ora che il mastino era sparito, l'idea lo angosciava ancora di più.

Si stava impantanando in una palude sotto

gli occhi di un coniglio che non aveva le mani per aiutarlo a uscire!

Questa volta il Malautore aveva avuto la meglio!

Capitolo nove

Adam si fece prendere dal panico. Cercò di raggiungere la terraferma, dimenando con foga braccia e gambe per uscire fuori.

In realtà sapeva che era una scelta stupida, ma non riusciva più a controllarsi. Sarebbe stato sepolto vivo. Non si era mai trovato in una situazione tanto spaventosa e, considerando ciò che aveva già vissuto per colpa del libro *Le grandi storie horror*, non era cosa da poco!

Si mise a gridare. Purtroppo anche questo era inutile: adesso che le modifiche introdotte dal Malautore erano state corrette, in quel punto del romanzo non ci sarebbe stato nessuno nella palude. Ma era come se il suo corpo agisse da solo, dibattendosi e gridando senza riuscire a smettere.

Proprio come il cavallo del libro quando era stato inghiottito dall'acquitrino.

«Non voglio morire! Sono troppo giovane, non vado neanche alle superiori!»

«Adam! Aspetta, torno subito!» lo interruppe Oscar.

Il ragazzo vide la macchia bianca scomparire nell'oscurità. Fu così sorpreso che tacque. Non riusciva a capacitarsi che il suo coniglio lo abbandonasse così! Ok, non che Oscar potesse tirarlo fuori di lì, ma tenergli compagnia mentre moriva tragicamente sarebbe stato il minimo!

Adam credette di udire dei rumori nel buio, ma non ne capiva la natura né la provenienza. Rabbrividì e fece del suo meglio per rimanere fermo. Se non ricordava male, il vero cane dei Baskerville si nascondeva nei dintorni quando non andava a caccia di prede.

Forse era lì, a pochi metri... Adesso che Adam si trovava immerso nel fango fin quasi all'ombelico, non aveva più scampo.

Trattenne un singhiozzo.

Sir Henry doveva essere di ritorno al castello, mentre Holmes e Watson stavano esaminando il cadavere dell'uomo caduto dalla collina.

E dire che era quasi arrivato alla meta! Aveva ristabilito il corso della storia e nonostante ciò...

Eppure, sentiva ancora lo sguardo dello stregone malefico, soddisfatto di vederlo in quel brutto guaio.

Poi sentì due voci che lo chiamavano!

«Adam! Adam!»

«Adam! Dove sei?»

Erano Oscar e Sofia! Adam riprese a sperare. Aveva quasi dimenticato che ci fosse anche sua sorella.

«Sono qui!» gridò con tutto il fiato che aveva. «Ehilà! Mi sentite? Sofia! Oscar! Sono qui!»

Ci fu un rumore di passi rapidi e un "Attenta a dove metti quelle zampacce posteriori! Finirai per pestare qualcuno!" da parte di Oscar.

«È vero, state attenti! Non sprofondate anche voi!» li avvertì. «Bisogna seguire il percorso indicato dai bastoni piantati nel terreno!»

Non voleva neanche immaginare a quale mostruosa velocità una piccola bestiola come Oscar sarebbe stata inghiottita.

Finalmente vide riapparire la pelliccia bianca del coniglio e una sagoma scura di fianco a lui.

«Eccolo» disse Oscar.

«Adam, stai bene?» chiese Sofia con tono preoccupato.

«Sei venuta!» esclamò lui sollevato.

«Ma certo! Cosa credevi? Anche se sei insopportabile, sei comunque mio fratello! Appena ho potuto, ho lasciato il tizio del libro e ho iniziato a cercarti per aiutarti, ma mi sono persa» confessò. «Per un attimo ho temuto che... che quell'orrenda creatura ti avesse sbranato».

Adam la sentì tirare su col naso. Era commosso che fosse così in pensiero per lui.

«Ok, allunga la mano, dobbiamo farti uscire da qui» continuò lei, risoluta.

«Va bene, ma non avvicinarti troppo, il terreno non è sicuro!»

Oscar, l'unico dei tre che riusciva a vederci nel buio, guidò Sofia mentre Adam tendeva le braccia in direzione delle loro voci.

«Un po' più in basso... ancora... Ecco, un po' più a destra» indicò Oscar.

Il ragazzo toccò finalmente le mani della sorella e le afferrò.

«Vai!» gridò.

Sofia emise un lamento mentre tirava con tutte le sue forze. Ma il fango resisteva e Adam continuava ad affondare.

«È impossibile» disse lei dopo vari tentativi. «Mi si staccheranno le braccia prima di riuscire a tirarti fuori da lì. Aspetta, fammi pensare»

«Non c'è tempo!» protestò lui, disperato. «Sto affondando!»

Però doveva riconoscere che sua sorella aveva ragione. E in più gli facevano malissimo i polsi e le spalle.

Alzò in aria le braccia, per allontanarle il più possibile dal fango che continuava a inghiottirlo.

Non avrebbe saputo dire se fosse la melma o il panico a schiacciargli i polmoni, ma faceva sempre più fatica a respirare.

«Ci sono!» esclamò a un tratto Sofia. «Su internet ho visto il video di un tizio che si liberava dalle sabbie mobili. Dovrebbe funzionare allo stesso modo!»

«Ma che roba guardi?» chiese Adam, stupito.

«C'è qualche problema?» ribatté lei con voce minacciosa.

«No, nessun problema» rispose lui. «E, comunque, arrivati a questo punto...»

«Ci serve un bastone piuttosto lungo» disse Sofia.

«Ce n'è uno piantato proprio lì» rispose Oscar. «Seguimi, ti faccio vedere».

Adam udì dei rumori nel buio, poi sentì un pezzo di legno contro la guancia.

«Prendi» disse Sofia. «Lo devi appoggiare sul fango in orizzontale dietro la schiena. Poi

devi stenderti sopra e usare il peso della parte superiore del tuo corpo per liberare una gamba».

Adam obbedì con una smorfia. Era già ricoperto di fango schifoso e gelido, e adesso ne aveva anche sui capelli. Si concentrò per tirare fuori la gamba, facendo del suo meglio per mantenere i nervi saldi, benché stare stesi sulla superficie di una palude non fosse affatto rassicurante: anche la testa iniziava ad affondare!

«Non ci riesco! Affogo, devo rialzarmi!» esclamò dopo pochi istanti.

«Stai calmo, ce la farai» disse Sofia. «Ti aiuto io».

Mentre Adam lottava per alzare la gamba, si sentì un tonfo nell'acqua. Capì che sua sorella aveva immerso le braccia nel fango. Si concentrò sul proprio respiro e mosse la gamba da destra a sinistra molto lentamente nel tentativo di liberarsi.

Non doveva farsi prendere dal panico.

Bastava andare piano e non farsi prendere dal panico!

A un tratto il suo piede incontrò una mano di sua sorella.

Sofia lo afferrò e lo tirò verso l'alto mentre lui cercava di sbilanciarsi all'indietro per fare leva.

Finalmente la gamba emerse dal fango, con un forte *shplock!*

«Evviva!» esclamò Sofia. «Fai lo stesso con l'altra!»

Adam era talmente contento che gli veniva da ridere e da piangere allo stesso tempo.

Non era mai stato così tanto sporco o così tanto stanco in vita sua. Era in una situazione davvero terribile. Voleva tornare a casa, farsi una doccia calda e coricarsi al sicuro nel suo letto.

Anche l'altro piede stava risalendo e Adam sentiva Sofia tirargli la gamba libera per trascinarlo piano verso riva.

Ce l'avevano quasi fatta. Dovevano solo trovare l'oggetto del libro che serviva per tornare, ma per fortuna lui sapeva esattamente cosa fosse.

Era quasi finita...

All'improvviso sentirono un suono stridulo.

Sembrava l'allarme antincendio che scatta a scuola per le prove di evacuazione. Una luce rossa illuminò la palude e si sentì una voce che diceva:

«*Sgombrate la zona immediatamente! Sbrigatevi!*»

La voce ripeteva le due frasi in loop.

«Che sta succedendo? Abbiamo ancora tempo... Siamo qui da meno di un'ora, vero?» chiese Adam, nel panico.

La voce si interruppe bruscamente come per riprendere fiato, e Sofia con le mani contratte strinse così forte la gamba che gli fece male.

«Ma come?» chiese la ragazza. «Pensavo fossimo salvi e avessimo sconfitto quel *Malatore*... Non rischiamo di rimanere intrappolati qui, vero?»

«*Sbrigatevi! STA ARRIVANDO!*»

Capitolo dieci

«Non sento l'odore» disse Oscar.

«Ma come?» borbottò Adam raddoppiando gli sforzi per uscire dal pantano.

Sotto la luce rossa, vedeva nitidamente il volto terrorizzato di sua sorella.

«Non ci sto capendo niente, ma siamo messi male... vero?» chiese lei.

«Credo che il Malautore si stia avvicinando. Sembrava la voce di Thalia, la signora che mi ha dato *Le grandi storie horror*» spiegò Adam. «È la prima volta che mi parla mentre sono in missione»

«Ah, che simpatica. Sarebbe troppo

sperare che venga a darci una mano?! » chiese Sofia alzando la voce perché la sentissero nonostante la sirena che suonava sempre più forte.

Adam riuscì finalmente a liberare l'altra gamba dalla melma. Inginocchiata vicino a lui, la sorella lo prese per i piedi e lo tirò verso di sé.

« I Maestri dei libri non possono entrare nelle storie » gridò il ragazzo. « Dobbiamo sbrigarci! »

Sentì finalmente il suo corpo spostarsi. Steso sul fango, avanzava di pochi centimetri alla volta e non vedeva niente tranne il cielo rosso.

« Dai, dai, dai! » ripeteva Sofia continuando a tirare con forza.

Finalmente Adam toccò la terraferma. Era congelato e tutto indolenzito.

Le braccia e le gambe completamente

ricoperte di fango denso pesavano una tonnellata. Ma non c'era un istante da perdere. Si alzò barcollando.

« Dobbiamo andarcene » disse.

Mentre cercava di stare in equilibrio, il suo sguardo incrociò una sagoma con un mantello nero che avanzava verso di loro. Sembrava levitare sopra la palude.

« Subito! » insistette.

Aiutò la sorella a rimettersi in piedi e la trascinò verso il centro della palude, cercando con gli occhi i bastoni che indicavano il percorso sicuro. Correre a piedi nudi era doloroso, ma non aveva scelta.

« Che succede? » chiese Sofia.

« Il supercattivo è proprio dietro di noi » la informò Oscar.

Sofia inciampò e per poco non cadde, ma Adam la afferrò appena in tempo continuando ad accelerare.

«Un ultimo sforzo!» le disse. «Siamo quasi arrivati!»

«Dove?» chiese lei. «Dove stiamo andando? Credevo che ci servisse un oggetto per tornare a casa!»

«Esatto» rispose Adam. «So esattamente qual è. Il cane dei Baskerville ha imparato a riconoscere l'odore di sir Henry grazie a una scarpa. Si trova in un villaggio abbandonato in mezzo alla palude».

Almeno lui credeva fosse lì. Era l'ipotesi più plausibile, ma nel romanzo Conan Doyle non aveva dato indizi molto precisi in proposito.

In caso contrario erano spacciati: sarebbero arrivati al centro della palude di Grimpen e per tornare indietro avrebbero di sicuro incontrato il Malautore.

«Questa storia non ha un verso! Quando torniamo a casa, dirò tutto a mamma e papà» minacciò la sorella con voce acuta. «E ridurremo a brandelli il tuo stupido libro!»

All'improvviso apparvero un pozzo con una grande ruota e alcune casupole in rovina.

«Guardate!» gridò Sofia. «È qui, vero?»

«Esatto, dovremmo trovare la scarpa in una delle case».

Adam non fece in tempo a finire la frase che sentì una mano sulla spalla afferrargli la giacca del pigiama in una morsa d'acciaio.

La mano era dura come se non avesse carne attorno alle ossa.

Sofia si voltò con un'espressione terrorizzata sul viso.

Oscar si bloccò, come ipnotizzato, e cominciò a battere la zampa posteriore per terra.

«*USCITE DA QUI! SBRIGATEVI!*» gridava la voce di Thalia.

Adam diede un calcio sulla gamba dell'aggressore con tutta la forza che aveva. Sorpreso, il Malautore lasciò la presa e lui scappò.

«La scarpa!» disse rimettendosi a correre. «Se mi acchiappa, trovate la scarpa e fuggite!»

«Figurati se ti abbandono qui con quel tizio!» ansimò Sofia. «Per chi mi prendi?»

Arrivarono alle prime case. La maggior parte presentava qualche brandello di muro e, a volte, un tetto pericolante. Erano tutte vuote, disabitate da molti anni.

Finalmente Adam trovò ciò che stava cercando: una catapecchia a cui mancava gran parte della facciata.

Da quel varco intravide fissato alla parete di fondo un enorme anello di metallo al quale era legata una grossa catena. Per terra c'era un mucchio di ossa.

«È questa!» gridò.

Entrò e inciampò su qualcosa che somigliava parecchio allo scheletro di un animale.

Cercò di non guardarlo da troppo vicino e si mise a cercare la scarpa. Bisognava sbrigarsi! Dovevano assolutamente trovare l'oggetto prima che...

All'improvviso Sofia lo spinse di lato con violenza. Adam stava per protestare, quando vide il Malautore che aveva afferrato i capelli della sorella con una mano pallida e scheletrica, mentre con l'altra le stringeva la spalla, sollevandola quasi da terra.

Era chinato su di lei. Il cappuccio del mantello nero gli nascondeva il volto dietro un'ombra spessa.

« Sofia! » gridò Adam.

« Non provare a fermarmi, bambina » disse il Malautore con voce stridula. « Non sono affari tuoi ».

Sofia si dibatté fiaccamente, lanciando gridolini di terrore.

« La scarpa » mormorò Oscar. « Dobbiamo trovarla... »

Ma prima che Adam potesse reagire, lo stregone aveva già messo una mano attorno al collo della sorella, che si mise a singhiozzare.

« Piano, ragazzino » disse il Malautore. « Un solo gesto e le spezzo il collo ».

Adam si sentì torcere le budella per la paura.

E adesso, che poteva fare per togliersi dai guai? Il tempo a disposizione stava per finire, lui non poteva muoversi e nessuno gli sarebbe venuto in aiuto.

Capitolo undici

Adam era completamente nel panico. Continuava a sentire l'allarme e la voce di Thalia:

«*SCAPPATE! SBRIGATEVI!*»

Voleva gridarle che, se avessero potuto, l'avrebbero già fatto!

«Lasciala stare!» disse al Malautore. «Mia sorella non c'entra, è finita qui per sbaglio. È me che vuoi, quindi falla andare via e...»

Deglutì la saliva e cercò di mostrarsi coraggioso.

«...farò quello che mi dirai. Resterò nel libro se lo desideri...»

Il Malautore esplose in una risata spaventosa, come quella del cattivo nei vecchi film.

Sofia continuava a dibattersi senza riuscire a liberarsi, e ad Adam sembrò che lo stregone malefico le stesse stringendo le dita attorno al collo.

« No! » disse il ragazzo muovendo un passo verso di loro. « Non farle del male, lasciala stare! »

« Fermo là! » intimò il Malautore. « Adesso aspettiamo con calma lo scadere dell'ora e non verrà fatto del male a nessuno ».

"Non verrà fatto del male a nessuno?" gli risuonò come un grido nella testa. Sarebbero rimasti intrappolati in un romanzo del XIX secolo! Non avrebbero rivisto mai più i loro genitori! Forse non avrebbero nemmeno potuto lasciare quella scena e sarebbero stati costretti a errare nella landa paludosa fino alla morte.

No, bisognava fare un tentativo! Ma quale?

A un tratto Sofia si mise ad agitarsi con violenza.

« Adam, fai qualcosa! » gli ordinò con voce strozzata. « Preferisco morire che restare in questo schifo di posto... »

La sua voce si spense in un mormorio e lei si immobilizzò.

Forse il Malautore la stava soffocando? Forse era...

No, Adam non poteva lasciare che sua sorella facesse quella fine! Meglio morire insieme cercando di scappare, piuttosto che arrendersi al Malautore.

Senza indugio il ragazzo si scagliò sullo stregone e lo colpì in pieno.

« Oscar, la scarpa! » gridò afferrando con entrambe le mani il mantello del Malautore.

Si appese con tutte le sue forze allo stregone che, colto di sorpresa, perse l'equilibrio e fece un passo indietro. Con le mani occupate a stringere Sofia, per un attimo sembrò non saper bene come fare per liberarsi dall'assalitore. Adam ne approfittò per graffiarlo e sbatacchiarlo.

«Lascia andare mia sorella, brutto ladro di storie!» gridò.

Una forza invisibile lo spinse via con violenza. Adam tentò di aggrapparsi a tutto ciò che gli capitava sottomano. Il tessuto del mantello dello stregone si strappò e il ragazzo sentì qualcosa di freddo sotto le dita.

Prima di potere reagire, fu scaraventato dall'altra parte della stanza. Urtò con la schiena la gamba di un tavolo e sentì un dolore acuto.

Il Malautore alzò il braccio per lanciare un altro sortilegio in direzione di Adam, ma troppo tardi: dal tavolo Oscar era balzato verso di lui. Aveva tra i denti una scarpa nera.

«No!» gridò il Malautore. «Se uno di voi tenta qualcosa, vi uccido tutti!»

La forza invisibile dello stregone spinse via Oscar, ma il coniglio aveva già fatto cadere la scarpa che atterrò sul petto di Adam facendo alzare all'istante una nuvola di fumo nero.

«No!» ripeté il Malautore preso dal panico. «Restate qui!»

Lasciò cadere Sofia, che si accasciò per terra come una bambola di pezza, e si precipitò verso il ragazzo. Ma era troppo tardi. La scena era già sfuocata.

Adam strinse Oscar a sé ed evitò la mano del Malautore. Si tuffò in avanti e afferrò il braccio di sua sorella, mentre scomparivano le rovine della casupola immersa nella luce rossa.

In un batter d'occhio i tre si ritrovarono nella camera di Adam.

Sofia rimaneva immobile e silenziosa, come morta.

« Oh, no » mormorò Adam.

Lasciò andare Oscar e si inginocchiò accanto a lei.

Dietro la porta di camera sua sentì abbaiare il cane della sorella.

« Ti prego, non farmi questo... » sussurrò scuotendola. « Farò le coccole al tuo cane bavoso, ti lascerò fare la doccia per prima la

sera, e ehm... potrai mangiare tutti i budini al cioccolato che ti pare. Te lo prometto, non ne mangerò neanche uno, te li lascio tutti quanti!»

Ma Sofia aveva sempre gli occhi chiusi e non rispondeva. Bisognava chiamare aiuto!

Adam si alzò e un oggetto metallico cadde a terra. Oscar si avvicinò, lo annusò, ma subito si allontanò. Inutile precisare che, nella vita vera, il coniglio era interessato soltanto a ciò che poteva mangiare.

Era una catenina argentata con una specie di ciondolo.

Adam aggrottò le sopracciglia e lo raccolse per esaminarlo.

Il ciondolo in realtà era un libriccino.

Chissà da dove era sbucato.

All'improvviso si ricordò che mentre era aggrappato al Malautore aveva sentito un oggetto freddo. Forse la collana apparteneva allo stregone!

« Oddio, questa storia non mi piace per niente » mormorò Adam.

Rubare qualcosa a un potente stregone, anche senza farlo apposta, non sembrava una gran buona idea.

Diede un'occhiata al corpo immobile di Sofia. Prima di tutto doveva occuparsi di lei. Al resto avrebbe pensato poi.

Aprì la porta di camera sua e si ritrovò faccia a faccia con una donna dai foltissimi capelli rossi con indosso vestiti variopinti abbinati in modo bizzarro.

Accovacciata di fianco al cane, gli massaggiava le orecchie e lui, raggiante, mostrava la lingua ansimante.

« Che bel cane » disse lei alzandosi.

« Thalia! » esclamò Adam. « Che ci fa qui? Il Malautore ha aggredito mia sorella! Devo andare... »

La donna alzò una mano per interromperlo.

«Piano, giovanotto. Fammi vedere la ragazza».

Entrò nella stanza fermando con un gesto il cane che voleva seguirla.

«Non è in pericolo, è solo svenuta» disse con voce rassicurante, dopo aver esaminato Sofia.

«Da-davvero?» balbettò Adam. «Non si muoveva più e pensavo che...»

Thalia sospirò.

«Per lei, che non è abituata all'horror, lo shock deve essere stato molto forte».

Adam era parecchio sollevato. Ma non avrebbe dimenticato facilmente che avevano rischiato di farsi divorare da una creatura infernale, di essere inghiottiti da una palude e uccisi dal Malautore!

«Non ce la faccio più» disse a Thalia. «Mi creda, io sono contento di aiutarvi a salvare le storie di paura. Sinceramente mi sembra importante proteggere i classici e compagnia bella. Però sta diventando troppo pericoloso: quando ho accettato la missione, il Malautore non mi aggrediva direttamente. Faceva una gran paura, ma stava a distanza!»

Thalia annuì.

«Certo, capisco. Ma ho una buona notizia per te: non lo dovrai più fare!»

Adam sbatté gli occhi, stupito. Non si aspettava che i Maestri dei libri si arrendessero così facilmente.

Una piccola parte di lui si sentiva più tranquilla. Ma, a dir la verità, era piuttosto deluso. Sì, aveva avuto paura e aveva rischiato di morire più volte. Tuttavia la sua vita era molto più interessante da quando proteggeva le storie horror. Si sentiva anche più forte e più coraggioso. Prima di avere vissuto tutte quelle avventure terrificanti non sarebbe stato in grado di salvare sir Henry!

E poi, grazie a quel libro, aveva potuto parlare con Oscar. Era diventato amico di Lilli, una compagna di scuola che non indietreggiava davanti a nessun mostro.

Aveva anche scoperto che Sofia, pur essendo sempre antipatica con lui, avrebbe fatto di tutto per salvarlo. Senza *Le grandi storie horror* non l'avrebbe mai saputo!

«E noi dobbiamo ringraziarti per questo!» continuò Thalia. «La collana che hai in mano... è il portale che il Malautore aveva creato per entrare nei libri!»

«Come?!» chiese Adam stupefatto. «Questo ciondolino?»

«Esatto! Non sapevamo dove il Malautore lo tenesse e non ci aspettavamo che qualcuno sarebbe riuscito a prenderglielo! Ma tu ce l'hai fatta! Puoi andarne fiero: senza il portale lui non ha più accesso alle storie custodite dai Maestri dei libri e non può più modificarle!»

«Come?!» ripeté Adam. «Allora intende dire che... è tutto finito? Il Malautore non può più entrare nelle storie, punto e basta? Non ho neanche fatto apposta a prendere quel ciondolo! Non sapevo nemmeno che esistesse».

Thalia arricciò il naso.

«Quello che conta è il risultato! Per ora mi riprendo il libro. Meglio tenerlo alla larga dai curiosi» aggiunse lanciando un'occhiata a Sofia.

Schioccò le dita e il volume *Le grandi storie horror* saltò fuori dalla libreria per volare fino a lei.

«D'accordo» disse lui piano.

«La collana, per favore» pretese lei tendendo la mano.

Adam gliela consegnò, sollevato di potersene liberare.

Non voleva tenere in casa un oggetto che

apparteneva al Malautore. Avrebbe avuto troppa paura che lo stregone venisse a riprenderselo.

Thalia guardò l'orologio rosa a pois viola che aveva al polso e schioccò la lingua.

« Devo scappare. Tua sorella e i tuoi genitori si sveglieranno tra poco ».

Adam abbassò gli occhi e guardò i propri vestiti, poi Sofia e il pavimento, completamente ricoperti di fango.

« Ehm... un aiutino? » chiese.

« Ah, certo, scusami » rispose la donna. « Dove vuoi che sistemi tua sorella? »

Dopo qualche ampio movimento con le braccia e due battiti di mano, tutto tornò pulito e Sofia era tranquillamente coricata nel suo letto.

« Mi spiace, non sono una guaritrice » disse Thalia indicando il polso di Adam.

Il ragazzo fece spallucce. Aveva una

bella bruciatura, ma non era poi così grave. Un po' di pomata e presto sarebbe scomparsa.

«Non potrebbe anche cancellare la memoria di mia sorella, già che c'è?» chiese.

«Non posso fare neanche questo» confessò Thalia. «Ma a volte si fanno sogni strani, no?»

Alzò una mano, come se dovesse sparire.

«Aspetti!» gridò Adam. «Quindi è tutto finito? Ho sconfitto il Malautore e non ci rivedremo più? Il libro *Le grandi storie horror* si chiuderà per sempre?»

Gli sembrava tutto così improvviso. Non sapeva se provare sollievo o tristezza.

Thalia sorrise, come se avesse capito.

«Con le storie niente è mai davvero finito! È questo che le rende meravigliose! E per visitare tutti i mondi che desideri, basta continuare a leggere. Quanto al Malautore... Ha perso la battaglia e penso che ci lascerà in pace per un po'. Ma chissà! Nelle storie più belle i cattivi tornano sempre quando meno te l'aspetti. Ci rivedremo un giorno, Adam, ne sono convinta! »

Gli fece l'occhiolino e scomparve, tenendo sottobraccio *Le grandi storie horror*.

Adam tornò in camera sua e prese un romanzo dalla libreria, aspettando che il resto della famiglia si svegliasse.

Capitolo dodici

Meno di un'ora dopo, Sofia fece irruzione in camera sua.

« Dov'è? Adesso lo distruggo e dico tutto a mamma e papà! » esclamò lei, puntando un dito accusatorio verso Adam.

Steso sul letto con l'ultimo volume della serie *L'attacco degli zombi mutanti*, Adam voltò pagina. Tentò di mantenere un'espressione innocente scrutando la sorella.

« Di che stai parlando? » chiese.

« Non fare il finto tonto. Ricordo benissimo che tu e il tuo maledetto libro stavate per farmi morire! »

«Devi avere sognato» le rispose Adam. «Stai parlando a vanvera».

Un'ombra di dubbio attraversò il volto della ragazza.

«So quello che dico» continuò a insistere. «C'era...»

«Ehi, attenta al cane!»

Sofia fece un balzo in avanti e si girò di scatto con i pugni alzati, pronta a stendere il primo arrivato.

«Ha di nuovo tentato di sbranare Oscar» continuò Adam trattenendo una risata.

In effetti il grosso cane nero della sorella aveva fatto capolino in camera, attraverso la porta socchiusa.

Sofia si riprese e si schiarì la voce, un po' imbarazzata. Adam la vide esaminare la libreria con la coda dell'occhio. Ma ovviamente il volume *Le grandi storie horror* non c'era più.

«Dov'è il librone nero?» chiese lei.

«Intendi *Le grandi storie horror*? L'ho prestato a Lilli, lo voleva leggere».

Sua sorella sembrava davvero confusa.

«Sofia! Adam!» chiamò la mamma dal pianoterra. «È pronta la colaziooooone!»

Adam appoggiò il romanzo e si alzò.

«Andiamo? Ho fame» disse. «E porta via il cane. Credo che abbia imparato ad aprire le porte».

La ragazza aggrottò le sopracciglia.

«Stamattina è entrato in camera tua?» chiese. «Perché è stato proprio in quel momento che il libro...»

Non ci capiva più niente, e tacque.

«No» le rispose Adam. «È venuto ieri sera. Meno male che ero qui a proteggere Oscar».

Osservò l'animale. I cani non erano proprio il suo genere. Ma doveva ammettere che, in confronto all'abominevole bestiola che uccideva i Baskerville, il mostro peloso di Sofia avrebbe potuto vincere un concorso di bellezza.

Almeno lui non cercava di sbranare la gente...

Quando arrivarono in cucina, i genitori erano già a tavola.

Adam fece entrare il cane, poi chiuse la porta perché non uscisse.

«Il cane di Sofia apre la porta di camera mia» disse. «Bisognerà metterci un chiavistello»

«Oh, che gioia» mormorò la mamma. «Dopo mangiato andiamo in ferramenta».

La sorella riempì una ciotola di crocchette e Adam si versò del succo d'arancia.

«Allora, hai deciso come chiamarlo?» chiese papà, mentre Sofia si sedeva a tavola per fare colazione.

«Già, bisogna decidere: se continuiamo a chiamarlo "il cane", finirà per credere di chiamarsi così» insisté la mamma.

Sofia ci pensò a lungo girando il cucchiaino nella tazza con i cereali.

«Lo chiamerò Holmes» rispose alla fine.

Adam scoppiò a ridere e dovette mettersi una mano sulla bocca per non sputare l'aranciata.

«Ma come? Perché ridi?» chiese la sorella di nuovo insospettita.

Adam fece il possibile per calmarsi.

«No, niente. Mi piace un sacco questo nome. Gli sta benissimo».

Sofia continuò a scrutarlo per qualche secondo, poi riprese a mescolare i cereali.

Adam nascose un sorriso dietro al bicchiere. Ora che non doveva più occuparsi del libro *Le grandi storie horror*, aveva ancora più tempo per leggere romanzi di paura. Decise di diventare il più grande esperto di storie del terrore che il mondo avesse mai conosciuto.

E se un giorno il Malautore si fosse rifatto vivo... Adam sarebbe stato pronto!

Fine

Il mastino dei Baskerville

Il mastino dei Baskerville fu scritto da Arthur Conan Doyle nel 1901. È una delle numerose avventure di Sherlock Holmes, il detective più famoso del mondo, e forse la più nota. Ne sono stati realizzati più di venti adattamenti per il cinema e la televisione. In questo libro, tuttavia, la vicenda è narrata dal dottor Watson, e Sherlock Holmes appare poche volte.

Pur essendo un giallo, si avvicina molto al tradizionale romanzo gotico dell'orrore. Si svolge in un luogo isolato e sinistro, infestato di notte dagli urli di una bestia misteriosa... La storia si apre con l'antica leggenda di un enorme cane demoniaco che sputa fuoco e bracca la famiglia Baskerville, maledetta per le cattive azioni di uno degli antenati.

Il castello dei Baskerville è immaginario, ma Arthur Conan Doyle lo ha collocato nel Dartmoor (nel Sud-Ovest dell'Inghilterra), dove si era recato prima di scrivere il romanzo. In una lettera alla madre l'autore descrive la regione come un luogo bello, "molto triste e selvaggio, disseminato di abitazioni preistoriche, strani monoliti, rifugi e tombe...". Il quadro ideale per una storia di paura!

Il cane nero degli inferi è una figura tradizionale del folklore britannico. È noto come *Black dog* ("cane nero") o *Grim*. I lettori di *Harry Potter* lo conoscono perché nella saga viene menzionato più volte come annuncio di una morte imminente.

L'idea del *Mastino dei Baskerville* sarebbe stata suggerita a Conan Doyle da un amico giornalista che gli aveva raccontato la storia di Richard Cabell III. L'uomo, morto nel

1677, viveva nel Devon, a Buckfastleigh. Gli abitanti del paesino sospettavano che avesse venduto l'anima al diavolo e (tra altri orrori) avesse assassinato sua moglie. La notte del suo funerale, si dice che alcuni cani fantasma ululassero davanti al cimitero. Dopo questo fatto, gli abitanti del paese fecero costruire sopra la tomba un mausoleo particolarmente massiccio per evitare che Richard Cabell potesse uscire.

Il mausoleo esiste tuttora ed è possibile visitarlo. Si racconta che, se si ha il coraggio di restare nei paraggi durante la notte, si possono sentire i cani ululare e abbaiare mentre aspettano il ritorno del padrone per andare a caccia. Talvolta, lo si scorge addirittura mentre attraversa la landa con la muta di cani fantasma, di solito il giorno dell'anniversario della sua morte.

LE GRANDI STORIE HORROR NEL PROGETTO LETTURA FACILITATA PER TUTTI

Questo libro è impaginato con particolari accorgimenti che facilitano la lettura:

- il testo è composto nel carattere ad alta leggibilità EasyReading, progettato in Italia per agevolare la distinzione delle lettere che si assomigliano;
- le parole non vengono mai sillabate alla fine di una riga, per aiutare la comprensione;
- i margini delle pagine sono ampi, il numero di parole per pagina e la quantità di caratteri per riga sono contenuti, la distanza tra le lettere e tra le righe è più larga rispetto alle abituali convenzioni tipografiche, per evitare l'affaticamento derivante da pagine piene.

Queste scelte rendono più immediata, scorrevole e veloce la lettura per tutti. Ragazze e ragazzi, anche quelli che hanno difficoltà a leggere, saranno così facilitati nell'acquisizione dell'abitudine a immergersi nelle storie, un piacere sempre meno scontato nel mondo digitale, fatto di comunicazioni veloci e testi brevissimi.

Nella stessa collana:

Fulco Pratesi **Nella giungla di Sandokan** *(due edizioni)*
Ernesto Ferrero **Il giovane Napoleone** *(tre edizioni)*
Gianni Rodari **La storia degli uomini** *(sette edizioni)*
Mark Twain **Uno yankee alla corte di Re Artù** *(due edizioni)*
Annie Barrows, Sophie Blackall **Ely + Bea 1** *(sette edizioni, serie agile)*
Annie Barrows, Sophie Blackall **Ely + Bea 2. Il fantasma della scuola** *(sette edizioni, serie agile)*
Fulco Pratesi **Sulla rotta di Darwin** *(due edizioni, serie agile)*
Annie Barrows, Sophie Blackall **Ely + Bea 3. Amiche da record** *(sei edizioni, serie agile)*
Annie Barrows, Sophie Blackall **Ely + Bea 4. Occhio alla babysitter!** *(quattro edizioni, serie agile)*
Annie Barrows, Sophie Blackall **Ely + Bea 5. Buone per forza** *(tre edizioni, serie agile)*
Annie Barrows, Sophie Blackall **Ely + Bea 6. Ballerine a tutti i costi** *(quattro edizioni, serie agile)*
Annie Barrows, Sophie Blackall **Ely + Bea 7. Ma che bella pensata!** *(due edizioni, serie agile)*
Age & Scarpelli, Monicelli **Brancaleone** *(tre edizioni)*
Sergio Parini, Jacopo Fo **Le fatiche di Ercole**
Annie Barrows, Sophie Blackall **Ely + Bea 8. Nessuna notizia, buona notizia!**
Annie Barrows, Sophie Blackall **Ely + Bea 9. Dettano le regole** *(due edizioni, serie agile)*
Annie Barrows, Sophie Blackall **Ely + Bea 10. Mistero a Pancake Court** *(due edizioni, serie agile)*
Roberto Piumini, Enzo Boschi **Non sta mai ferma** *(due edizioni)*
Franco Cardini **Storie di Re Artù e dei suoi cavalieri** *(quattro edizioni)*
Paolo Nori, Tim Kostin **Come è andata veramente tra Mascia e orso**
Annie Barrows, Sophie Blackall **Ely + Bea. Una grande famiglia felice**
Michela Tilli **Il mondo di Fantalà 1. Due strane creature**
Marino Bartoletti **La squadra dei sogni 1. Il cuore sul prato** *(quattro edizioni)*
Michela Tilli **Il mondo di Fantalà 2. Il segreto di Ben e Grimm**
Elizabeth Barféty, Magalie Foutrier **Sarò una stella 1. Amiche e rivali** *(quattro edizioni)*
Elizabeth Barféty, Magalie Foutrier **Sarò una stella 2. Perfetta... o quasi** *(tre edizioni)*
N.M. Zimmermann, Caroline Hüe **Le grandi storie horror 1. Nel castello di Dracula**
N.M. Zimmermann, Caroline Hüe **Le grandi storie horror 2. Nel laboratorio di Frankenstein**
Marino Bartoletti **La squadra dei sogni 2. Tutti in campo** *(due edizioni)*
Elizabeth Barféty, Magalie Foutrier **Sarò una stella 3. Sfide in famiglia** *(due edizioni)*
Angela Nanetti, Octavia Monaco **Azzurrina**
N.M. Zimmermann, Caroline Hüe **Le grandi storie horror 3. Sull'isola di Jurassic Park**
Luca Poldelmengo, Manola Caprini **Valerio e la scomparsa del professor Boatigre**
Cee Neudert, Pascal Nöldner **Caccia ai mostri** *(due edizioni)*
Elizabeth Barféty, Magalie Foutrier **Sarò una stella 4. Piccola ribelle** *(tre edizioni)*
Marino Bartoletti **La squadra dei sogni 3. La coppa dell'amicizia** *(tre edizioni)*
Marta Palazzesi **Agenzia MostroCasa. SOS per la signora Dal Verme**
Anne Goscinny, Catel **Il mondo di Lucrezia** *(tre edizioni)*
N.M. Zimmermann, Caroline Hüe **Le grandi storie horror 4. Nello studio del dottor Jekyll**
Elizabeth Barféty, Magalie Foutrier **Sarò una stella 5. La più timida spicca il volo**
Elizabeth Barféty, Magalie Foutrier **Sarò una stella 6. A tutti i costi** *(due edizioni)*
Anne Goscinny, Catel **Il mondo di Lucrezia 2**
N.M. Zimmermann, Caroline Hüe **Le grandi storie horror 5. Sulle tracce di Sherlock Holmes**

N. M. Zimmermann
LE GRANDI STORIE HORROR
SULL'ISOLA
DI JURASSIK PARK
disegni di Caroline Hüe
128 pagg.
ISBN 978-88-9348-812-9
euro 7,90

N. M. Zimmermann
LE GRANDI STORIE HORROR
NELLO STUDIO
DEL DOTTOR JEKYLL
disegni di Caroline Hüe
128 pagg.
ISBN 978-88-9348-987-4
euro 7,90

Adam apre il libro delle *Grandi storie horror* e si ritrova su un'isola popolata da dinosauri in carne e ossa. Tra velociraptor affamati, dilofosauri che sputano veleno e un T-Rex alto sei metri, riuscirà a sopravvivere nello spaventoso mondo di Jurassic Park?

Appena aperte le pagine del libro *Le grandi storie horror*, Adam e Lilli si ritrovano faccia a faccia con Mister Hyde, il terribile mostro malefico che ha commesso molti delitti. Unica possibilità di scamparla: fargli bere al più presto la pozione che lo ritrasformerà nel dottor Jekyll. Ma, nascosto nell'ombra, il Malautore ha tutte le intenzioni di impedirlo...

N. M. Zimmermann
LE GRANDI STORIE HORROR
NEL CASTELLO
DI DRACULA
disegni di Caroline Hüe
136 pagg.
ISBN 978-88-9348-728-3
euro 7,90

N. M. Zimmermann
LE GRANDI STORIE HORROR
NEL LABORATORIO
DI FRANKENSTEIN
disegni di Caroline Hüe
128 pagg.
ISBN 978-88-9348-729-0
euro 7,90

Adam ha una grande passione per le letture da brivido. Sulla bancarella di una vecchia signora con i capelli rosso fuoco trova un libro misterioso intitolato *Le grandi storie horror*. Appena comincerà a sfogliarne le pagine, sarà catapultato nel castello del più celebre dei vampiri: il conte Dracula!

Adam apre il libro delle *Grandi storie horror* e si ritrova catapultato nel bel mezzo di un'avventura da brivido. Per fortuna Lilli, un'intrepida compagna di scuola, accorre in suo aiuto. Riusciranno a sfuggire alle grinfie del terribile mostro creato dal dottor Frankenstein?

"Adam è un ragazzino appassionato di horror ed è stato scelto dai Maestri dei Libri per salvare le storie più spaventose dalle grinfie del Malautore, un essere malefico che ha deciso di cambiare le trame dei libri. Riuscirà a sconfiggerlo?"

Isabella Fava, *Donna Moderna*

Anne Goscinny
IL MONDO DI LUCREZIA
disegni di Catel
192 pagg.
ISBN 978-88-3624-062-3
euro 12,50

Anne Goscinny
IL MONDO DI LUCREZIA 2
disegni di Catel
192 pagg.
ISBN 978-88-3624-006-7
euro 12,50

"Da una normalità avventurosa Anne Goscinny ricava quella comicità spensierata che accontenta tanto le mamme lettrici, sempre pronte a lodare su internet 'Il mondo di Lucrezia', quanto i loro figli, che l'hanno eletta a serie preferita e certo traggono serenità da una descrizione della crescita priva di terrorismo psicologico. Anche una vita felice può emozionare ed è degna di essere raccontata"

Gabriele di Donfrancesco, *Robinson - la Repubblica*

"Una storia divertente che racconta il diventare grandi e le risate con le amiche, narrata con il sorriso e con una protagonista assolutamente adorabile"

Francesca Cianfoni, *Zebuk*

Marino Bartoletti
LA SQUADRA DEI SOGNI
IL CUORE SUL PRATO
disegni di Giuseppe Ferrario
144 pagg.
ISBN 978-88-9348-692-7
euro 9,90

Marino Bartoletti
LA SQUADRA DEI SOGNI
TUTTI IN CAMPO
disegni di Giuseppe Ferrario
128 pagg.
ISBN 978-88-9348-760-3
euro 9,90

Marino Bartoletti
LA SQUADRA DEI SOGNI
LA COPPA DELL'AMICIZIA
disegni di Giuseppe Ferrario
160 pagg.
ISBN 978-88-9348-936-2
euro 9,90

"Visto che sono nonno di due nipotini, ho scritto questi libri come se stessi parlando a loro, raccontando storie in cui si mescolano amicizia, affetto, importanza dei valori dello sport, vittorie, sconfitte, rapporti con i genitori, ma anche bullismo e integrazione sociale"

Marino Bartoletti
al *Resto del Carlino*

Cee Neudert
CACCIA AI MOSTRI
160 pagg.
ISBN 978-88-9348-908-9
euro 12,90

"Un libro davvero speciale: si può leggere saltando le pagine; richiede uso di matita e gomma, astuzia e tanto coraggio; vi farà fare un sacco di cose; ma soprattutto... ha un vero mostro all'interno!"

Topolino Magazine

Questo libro è stampato col sole

Azienda carbon-free

Stampato per conto di Carlo Gallucci editore srl
presso Grafica Veneta spa (Trebaseleghe, PD)
nel mese di gennaio 2021